# DEN MANISKE KLOVN

# DEN MANISKE KLOVN

## ALDIVAN TORRES

Canary Of Joy

# Contents

I

# I

Den maniske klovn
Aldivan Torres
Den maniske klovn

---

Forfatter: Aldivan Torres
2020-Aldivan Torres
Alle rettigheder forbeholdes
Serie: De perverterede søstre

---

Denne bog, herunder alle dens dele, er ophavsretligt beskyttet og kan ikke gengives uden tilladelse fra forfatteren, videresælges eller overføres.

Aldivan Torres, født i Brasilien, er en litterær kunstner. Løfter med sine skrifter for at glæde offentligheden og føre ham til glædens lækkerier. Sex er trods alt en af de bedste ting, der er.

## *Den maniske klovn*

Søndag kom og med ham en masse nyheder i byen. Blandt dem er ankomsten af et cirkus kaldet Superstar, berømt over hele Brasilien. Det var alt, vi talte om i området. De to søstre programmerede til at deltage i åbningen af showet, der er planlagt til denne aften.

De var klar til at gå ud efter en særlig middag til deres polterabend. Klædt til gallaen, begge paraderet i samtidig, hvor de forlod huset og gik ind i garagen. Ind i bilen, de starter med en af dem, der kommer ned og lukker garagen. Med tilbagevenden af det samme kan rejsen genoptages uden yderligere problemer.

Forlader Distrikt Christopher, tager hen til Distrikt Boa Vista i den anden ende af byen, baglands hovedstad med ca. 80.000 indbyggere. Når de går langs de stille veje, er de forbløffede over arkitekturen, menneskets ånder, kirkerne, bjergene, de syntes at tale om, de svindlere, der udveksles med medskyldighed, lyden af høj sten, den franske parfume, samtalerne om politik, erhvervsliv, samfund, fester, nordøstlige kulturer og hemmeligheder. De var afslappede, angste, nervøse og koncentrerede.

På vej, øjeblikkeligt, et fint regnvejr falder. Imod forventninger åbner pigerne bilvinduerne, der laver små dråber vands mørere deres ansigter. Denne gestus viser deres enkelhed og ægthed, sande selvastrale mestre. Det er den bedste mulighed for folk. Hvad er meningen med at fjerne fejl, rastløshed og smerte i fortiden? De ville ikke tage dem med nogen steder. Derfor var de glade gennem deres valg. Selv om verden dømte dem, var de ligeglade, fordi de ejede deres skæbne. Tillykke med fødselsdagen til dem!

Omkring ti minutter herfra, de er allerede på parkeringspladsen, der er fastgjort til cirkusset. De lukker bilen, går et par meter ind i miljøets indre gård. For at komme tidligt, sidder de på de første blegemidler. Mens du venter på showet, køber de popcorn, øl, dropper lortet og stille ordspil. Der var intet bedre end at være i cirkus!

40 minutter senere starter showet. Blandt at-

traktionerne er klovne, akrobater, trapezkunstnere, kontinentalsokler, død banges, tryllekunstnere, jonglører og musikalske show. I tre timer lever de magiske øjeblikke, sjove, distraherede, lege, forelske sig endelig, leve. Med udsendelsen, så sørger de for at gå til omklædningsrummet og hilse en af klovnene. Han havde opnået det stunt at muntre dem op, som om det aldrig skete.

Op på scenen, du skal have en linje. De er de sidste, der går ind i omklædningsrummet. Der finder de en totalt vansiret klovn, væk fra scenen.

" Vi kom for at lykønske dig med dit store show. Der er en Guds gave i den! Han så Belinha.

"Dine ord og dine gestus har rystet min ånd. Jeg ved det ikke, men jeg bemærkede en trist i dine øjne. Har jeg ret?

"Tak for ordene. Hvad hedder I? Svarede klovnen.

" Mit navn er Amelinha!

"Mit navn er Belinha.

" Rart at møde dig. Du kan kalde mig Gilbert! Jeg har været igennem nok smerte i dette liv. En af dem var den nylige adskillelse fra min kone. Du må forstå, at det ikke er let at adskille sig fra din kone efter 20 års levetid, ikke? Uanset hvad er jeg glad for at opfylde min kunst.

"Stakkels fyr! Undskyld! (Amelinha).

" Hvad kan vi gøre for at opmuntre ham? (Belinha).

" Jeg ved ikke hvordan. Efter min kones brud savner jeg hende så meget. (Gilbert).

" Vi kan ordne det, ikke, søster? (Belinha).

»Ja. Du ser godt ud. (Amelinha)

" Tak, piger. I er vidunderlige. " Ekskluderet Gilbert.

Uden at vente længere, gik den hvide, høje, stærke, mørkøjede mandig klædt af, og damerne fulgte hans eksempel. Totalt nøgen, trioen gik i forspillet lige der på gulvet. Mere end en udveksling af følelser og bandeord, sex morede dem og opmuntrede dem. I de korte øjeblikke følte de dele af en større styrke, Guds kærlighed. Gennem kærlighed nåede de den større ecstasy, et menneske kunne opnå.

Færdiggør det, klæder sig ud og siger farvel. Det sidste skridt og konklusionen var, at manden var en vild ulv. En manisk klovn, du aldrig glemmer. Ikke mere, de forlader cirkusset på parkeringspladsen. De sætter sig ind i bilen, starter deres vej tilbage. De næste par dage blev lovet flere overraskelser.

Det anden daggry er kommet smukkere end nogensinde. Tidligt om morgenen, er vores venner glade for at mærke solens varme og brisen vandrer i deres ansigter. Disse kontraster forårsagede i det fysiske aspekt af det samme en god følelse af frihed, tilfredshed og glæde. De var klar til at møde en ny dag.

De koncentrerer deres kræfter om deres løfte. Næste skridt er at gå i suiten og gøre det med ekstrem vagabond, som om de var fra staten Bahia. Ikke for at skade vores kære naboer, selvfølgelig. Alle helgeners land er et spektakulært sted fyldt med kultur, historie og verdslige traditioner. Længe leve Bahia.

På badeværelset tager de tøjet af ved den mærkelige følelse, de ikke var alene. Hvem har nogensinde hørt om legenden om det blonde badeværelse? Efter et maraton med rædslen var det normalt at få problemer med det. I det øjeblik nikker de hovedet, der prøver at være mere stille. Pludselig kommer det til hver af dem, deres politiske bane, deres borgerside, deres professionelle, religiøse side og deres seksuelle aspekt. De har det godt med at være ufuldkommene anordninger. De var sikre på, at kvaliteter og mangler tilføjede deres personlighed.

Desuden låser de sig inde på badeværelset. Ved at åbne badet lod de varmt vand strømme gennem svedige kroppe på grund af nattens varme før. Væsken tjener som en katalysator, der absorberer alle de dårlige ting. Det var netop det, de havde brug for nu, for at glemme smerten, traumet, skuffelserne, rastløsheden, der forsøgte at finde nye forventninger. Det har været et vigtigt år. En fantastisk drejning i alle aspekter af livet.

Rengøringsprocessen indledes med anvendelse af plantesvampe, sæbe, shampoo, ud over vand. På dette tidspunkt føler de en af de bedste fornøjelser, der tvinger dig til at huske billetten på revet og eventyr på stranden. Deres vilde ånd beder om flere eventyr i, hvad de bliver for at analysere så hurtigt som muligt. Den situation, som den fri bevægelighed opnåede ved arbejdet med begge at være en pris for offentlig tjeneste.

I omkring 20 minutter sætter de deres mål lidt til at leve et reflekterende øjeblik i deres respektive intimitet. Efter denne aktivitet kommer de ud af toilettet, tørrer våd krop med håndklædet, går med rent tøj og sko, bruger schweizisk parfume, importeret makeup fra Tyskland med meget pæne solbriller og tiaraer. De flytter til koppen med taskerne på striben og hilser sig tilfreds med genforeningen takket være Herren.

I samarbejde laver de en morgenmad med misundelse: couscous i kyllingesauce, grøntsager, frugt, kaffefløde og kiks. I lige store dele er mad delt. De skifter øjeblikke med en kort udveksling af ord, fordi de var høflige. Spiser morgenmad, der er ingen flugt ud over hvad de havde tænkt sig.

" Hvad foreslår du, Belinha? Jeg keder mig!

" Jeg har en god idé. Kan du huske den person, vi mødte til litterær festival?

" Jeg husker det. Han var forfatter og hed Divine.

" Jeg har hans nummer. Hvad med at vi kontakter hinanden? Jeg vil gerne vide, hvor han bor.

" Også mig. God idé. Gør det. Jeg vil elske det.

" Okay!

Belinha åbnede sin taske, tog sin telefon og begyndte at ringe. Om et øjeblik, så svarer nogen, og samtalen starter.

»Hej.

" Hej, Divine. Okay?

# DEN MANISKE KLOVN - 9

" Okay, Belinha. Hvordan går det?

" Vi klarer os fint. Er invitationen stadig på? Min søster og jeg vil gerne have et særligt show i aften.

" Selvfølgelig gør jeg det. Du vil ikke fortryde det. Her har vi save, rigelig natur, frisk luft uden for firmaet. Jeg er også ledig i dag.

"Hvor vidunderligt. Vent på os ved indgangen til landsbyen. I de sidste 30 minutter er vi der næsten.

" Det er okay. Vi ses senere!

" Vi ses senere!

Opkaldet slutter. Med et stemplet Spiste vender Belinha tilbage for at kommunikere med sin søster.

" Han sagde ja. Skal vi?

" Kom nu. Hvad venter vi på?

Begge parade fra koppen til udgangen af huset, lukker døren bag dem med en nøgle. Så flytter de hen til garagen. De kører den officielle familiebil, og de lader deres problemer vente på nye overraskelser og følelser på verdens vigtigste land. Gennem byen, med en høj lyd på, holdt deres lille håb for sig selv. Det var alt værd i det øjeblik, indtil jeg tænkte på chancen for at være lykkelig for evigt.

Med kort tid tager de højre side af hovedvej BR 232. Så det starter kursen mod opnåelse og lykke. Med moderat hastighed kan de nyde bjergskabet på banens kyster. Selv om det var et kendt miljø, var alle passager mere end en nyhed. Det var et genfundet jeg.

Går gennem steder, gårde, landsbyer, blå skyer, aske og roser, tør luft og varm temperatur. I den programmerede tid kommer de til den mest bukoliske indgang til det brasilianske indre. Obersternes Mimoso, den synske, den opfattelse og folk med høj intellektuel kapacitet.

Da de stoppede ved indgangen i distriktet, forventede de, at din kære ven med samme smil som altid. Et godt tegn for dem, der ledte efter eventyr. De går ud af bilen, og møder den ædle kollega, der modtager dem med et knus, der bliver tredoblet. Det her øjeblik synes ikke at ende. De er allerede gentagne, de begynder at ændre første indtryk.

" Hvordan går det, Divine? Spurgte Belinha.

" Godt, hvordan går det? Korresponderede den synske.

" Fedt! (Belinha).

"Bedre end nogensinde, suppleret Amelinha.

" Jeg har en god idé. Hvad med at vi tager op

ad Ororubá-bjerget? Det var der for præcis otte år siden, at min bane i litteratur begyndte.

" Sikke en skønhed! Det bliver en ære! (Amelinha).

" Også for mig! Jeg elsker naturen. (Belinha).

" Så lad os gå nu. (Aldivan).

Underskrift, den mystiske ven af de to søstre, der er fremme på gaden i byen. Ned til højre, når de går ind på et privat sted og går omkring 100 meter, sætter dem i bunden af saven. De laver et hurtigt stop, så de kan hvile og hydrater. Hvordan var det at klatre op ad bjerget efter alle disse eventyr? Følelsen var fred, indsamling, tvivl og tøven. Det var som første gang, at det var med alle de udfordringer, skæbnen beskattede. Pludselig møder venner den store forfatter med et smil.

" Hvordan begyndte det? Hvad betyder det for dig? (Belinha).

»I 2009 drejede mit liv sig om monotoni. Det, der holdt mig i live, var viljen til at udrydde det, jeg følte i verden. Det var der, jeg hørte om bjerget og hans vidunderlige hules kræfter. Jeg besluttede at tage chancen på vegne af min drøm. Jeg pakkede min taske, klatrede op i bjerget, udførte tre udfordringer, som jeg blev akkrediteret, kom ind i fortvivlelsens grotte, den farligste grotte i verden. Inde i det har jeg klaret store udfordringer ved at komme til kammeret. Det var på det tidspunkt, hvor ecstasy skete, at miraklet skete, jeg blev den synske, en alvidende, der var gennem hans syn. Der har været 20 eventyr mere, og jeg stopper ikke så hurtigt. Takket være læserne opnår jeg gradvis mit mål om at erobre verden.

"Spændende. Jeg er en af dine fan. (Amelinha).

»Rør. Jeg ved, hvordan du må have det med at udføre denne opgave igen. (Belinha).

»Glimrende. Jeg føler en blanding af gode ting, herunder succes, tro, klo og optimisme. Det giver mig god energi, sagde den synske.

" Godt. Hvilket råd giver du os?

" Lad os holde fokus. Er I klar til at finde ud af det bedre for jer selv? (Mesteren).

»Ja. De gik med til begge dele.

" Så følg efter mig.

Trioen har genoptaget virksomheden. Solen varmer, vinden blæser lidt stærkere, fuglene flyver væk og synger, stenene og tronerne bevæger sig, jordryster og bjergkammen begynder at handle. Det er miljøet, der er gaver ved saven.

Med meget erfaring hjælper manden i grotten

DEN MANISKE KLOVN - 13

kvinder hele tiden. Han har i praksis skabt en vigtig dyd som solidaritet og samarbejde. Til gengæld lånte de ham en menneskelig varme og ulige engagement. Vi kunne sige, at det var den uovervindelige, ustoppelige, kompetent trio.

Lidt for lidt går de trin for trin af lykken. Trods de store resultater forbliver de utrættelige i deres søgen. I en efterfølger, forsinker de tempoet lidt, men holder den stabil. Som ordlyden går, går langsomt langt væk. Denne sikkerhed ledsager dem hele tiden, der skaber et åndeligt spektrum af patienter, forsigtighed, tolerance og overvindelse. Med disse elementer havde de tro på at overvinde enhver modgang.

Næste punkt, den hellige sten, afslutter en tredjedel af kurset. Der er en kort pause, og de nyder det at bede, for at takke, reflektere og planlægge de næste skridt. I den rigtige foranstaltning ville de tilfredsstille deres håb, deres frygt, deres smerte, tortur og sorger. For at have tro, fylder en uudslettelig fred deres hjerter.

Med genstart af rejsen, usikkerheden, tvivlen og styrken af de uventede tilbagevenden til at handle. Selv om det måske skræmmer dem, bar de sikkerheden ved at være i Guds nærvær og den lille spire af landet. Intet eller nogen kan skade dem, bare fordi Gud ikke tillader det. De har indset denne beskyttelse i alle vanskelige levestunder, hvor andre simpelthen forlod dem. Gud er faktisk vores eneste sande ven.

Derudover er de halvdelen af vejen. Kriminaliteten er stadig udført med mere engagement og melodi. I modsætning til hvad der normalt sker med almindelige klatrer, hjælper rytmen motivation, vil og levering. Selv om de ikke var atleter, var det bemærkelsesværdigt for deres præstation for at være sund og engageret ung.

Efter at have afsluttet tre fjerdedele af ruten, kommer forventningen til uudholdelige niveauer. Hvor længe skal de vente? I dette øjeblik af pres var det bedste at gøre, at forsøge at kontrollere nysgerrighedens momentum. Alt forsigtigt skyldtes nu de modstandernes handlinger.

Med lidt mere tid, så afslutter de endelig ruten. Solen skinner lysere, Guds lys lyser dem op og kommer ud af et spor, vogteren og hans søn Renato. Alt virkede som en total genfødt i hjertet af de dejlige små. De fortjente at have arbejdet så hårdt. Det næste skridt i den synske er at løbe ind i et stramt knus med hans velgørere. Hans kolleger følger ham og giver et kvanter kram.

"Godt at se dig, Guds søn! Jeg har ikke set dig længe! Mit moderinstinkt advarede mig om din tilgang, sagde den forfædre dame.

" Det glæder mig! Det er som om jeg husker mit første eventyr. Der var så mange følelser. Bjerget, udfordringerne, hulen og tidsrejsen har markeret min historie. At komme tilbage her bringer mig gode minder. Jeg tager to venlige krigere med. De havde brug for dette møde med den hellige.

" Hvad hedder I, de damer? Spurgte Bjerge vogter.

"Jeg hedder Belinha, og jeg er revisor.

"Mit navn er Amelinha, og jeg er lærer. Vi bor i Arcoverde.

" Velkommen, de damer. (Bjerge vogter).

" Vi er taknemmelige! De to besøgende med tårer, der løber gennem øjnene.

" Jeg elsker også nye venskaber. At være ved siden af min herre igen giver mig en særlig fornøjelse fra dem ubeskrivelige. De eneste, der ved, hvordan man forstår det, er os to. Ikke sandt, makker? (Renato).

" Du forandrer dig aldrig, Renato! Dine ord er

uvurderlige. Med al min galskab, var det en af de gode ting ved min skæbne.

Min ven og min bror svarede den synske uden at beregne ordene. De kom naturligt ud for den sande følelse, som nærede for ham.

"Vi er korresponderet i samme foranstaltning. Derfor er vores historie en succes, sagde den unge mand.

"Hvor dejligt at være med i denne historie. Jeg anede ikke, hvor specielt bjerget var i dens bane, kære forfatter, sagde Amelinha.

" Han er beundringsværdig, søster. Desuden er dine venner meget søde. Vi lever den rigtige fiktion, og det er det mest vidunderlige, der er. (Belinha).

" Vi sætter pris på komplementet. Men du må være træt af den indsats, der er gjort for at klatre op. Hvad med at vi tager hjem? Vi har altid noget at tilbyde. (Madame).

"Vi har benyttet os af lejligheden til at indhente vores samtaler. Jeg savner Renato så meget.

" Jeg synes, det er fedt. Hvad siger du til damerne?

" Jeg vil elske det. (Belinha).

" Det gør vi!

DEN MANISKE KLOVN - 17

" Så lad os gå! Har fuldført mesteren.

Hulrummet begynder at gå i den rækkefølge, som den fantastiske figur har givet. Lige nu er et koldt slag gennem klassens trætte skeletter. Hvem var den kvinde, og hvilke kræfter havde hun? Trods så mange øjeblikke forblev mysteriet låst som en dør til syv nøgler. De ville nok aldrig vide det, for det var en del af bjergets hemmelighed. Samtidig forblev deres hjerter i tågen. De var udmattede af at donere kærlighed og ikke modtage, tilgive og skuffende igen. Enten vænnede de sig til livets virkelighed, eller også ville de lide meget. De havde brug for et råd.

Trin for trin, kommer de over hindringerne. De hører straks et foruroligende skrig. Med et blik beroliger chefen dem. Det var hierarkiets sans, mens de stærkeste og mest erfarne beskyttede, vendte tjenerne tilbage med engagement, tilbeder og venskab. Det var en tovejs gade.

Desværre klarer de turen med stor og blid. Hvad fanden havde Belinha hoved været? De var midt i busken, der blev anholdt af grimme dyr, der kunne skade dem. Ud over det var der torne og pegede sten på deres fødder. Som alle situationer har sin mening, var der den eneste chance for at forstå dig selv og dine ønsker, noget underskud i de besøgende. Snart var det eventyr værd.

Næste halvdel, stopper de. Lige ved der var der en plantage. De er på vej mod himlen. I hentydning til Bibelhistorien følte de sig fuldstændig frie og integrerede til naturen. Som børn leger de klatretræer, de tager frugterne, de kommer ned og spiser dem. Så mediterer de. De lærte det så snart livet er skabt af øjeblikke. Uanset om de er triste eller glade, er det godt at nyde dem, mens vi er i live.

I det efterfølgende øjeblik tager de et forfriskende bad i søen. Dette faktum fremkalder gode minder fra én gang, af de mest bemærkelsesværdige oplevelser i deres liv. Hvor var det dejligt at være barn! Hvor svært det var at vokse op og se voksenlivet i øjnene. Lev med den falske, løgne og menneskers falske moral.

De nærmer sig skæbnen. Nede ad sporet kan man allerede se det simple hul. Det var det hellige af de mest vidunderlige, mystiske folk på bjerget. De var vidunderlige, hvad der beviser, at en persons værdi ikke er i det, den ejer. Sjælens adel er i karakter, i velgørenhed og rådgivning. Så siger man: En ven på pladsen er bedre end penge indbetalt i en bank.

Et par skridt fremad, de stopper foran kabinens indgang. Vil de få svar på dine indre undersøgelser? Kun tiden kunne besvare dette og andre spørgsmål. Det vigtige ved det var, at de var der for hvad der kommer og går.

Tager værtinden rolle åbner vagten døren, giver alle andre adgang til husets indre. De kommer ind i den tomme bås, og observerer alt. De er imponerede over delikatessen af det sted, der repræsenteres af prydplanten, genstandene, møblerne og mysteriets klima. Der var flere rigdomme og kulturel mangfoldighed end i mange paladser. Så vi kan føle os lykkelige og fuldende selv i ydmyge miljøer.

En efter en, vil du nøjes med at finde dig på de tilgængelige steder, undtagen Renato skal ud i køkkenet for at lave frokost. Det første klima af generthed er ødelagt.

" Jeg vil gerne kende jer bedre, piger.

" Vi er to piger fra Arcoverde City. Vi er glade professionelt, men forelskede tabere. Lige siden jeg blev forrådt af min gamle partner, har jeg været frustreret, tilstået Belinha.

" Så besluttede vi at hævne os på mænd. Vi har lavet en pagt om at lokke dem og bruge dem som objekt. Vi vil aldrig lide igen, sagde Amelinha.

"Jeg giver dem al min støtte. Jeg mødte dem i folkemængden, og nu er deres mulighed kommet på besøg her. (Guds søn)

Interessant. Det er en naturlig reaktion på skuffelsens lidelser. Men det er ikke den bedste måde at blive forfulgt på. At dømme en hel art ud fra en persons holdning er en klar fejl. Hver har sin individualitet. Dit hellige og skamløse ansigt kan skabe mere konflikt og fornøjelse. Det er op til dig at finde det rette punkt i denne historie. Jeg kan støtte, som din ven gjorde, og blive medskyldig i historien analyserede bjergets hellige ånd.

" Jeg tillader det. Jeg vil gerne befinde mig i denne helligdom. (Amelinha).

"Jeg accepterer også dit venskab. Hvem vidste, jeg ville være på en fantastisk sæbeopera? Myten om hulen og bjerget virker så ægte nu. Må jeg ønske noget? (Belinha).

" Selvfølgelig, kære.

"Bjergvæsenerne kan høre de ydmyge drømmeres anmodninger, mens det er sket for mig. Hav tro! (Guds søn).

" Jeg er så vantro. Men hvis du siger det, så prøver jeg. Jeg beder om en lykkelig slutning for os alle. Lad jer alle gå i opfyldelse på de vigtigste livsområder.

" Jeg giver det! Torden er dyb stemme midt i rummet.

Begge ludere har sprunget ned i jorden. I mellemtiden grinede de andre og græd over begge parters reaktion. Det var mere en skæbnesvangre handling. Sikke en overraskelse. Ingen kunne have forudset, hvad der skete oven på bjerget. Siden en berømt indianer døde på stedet, havde virkelighedens følelse givet plads til det overnaturlige, mysteriet og det usædvanlige.

" Hvad fanden var det for en torden? Jeg ryster indtil videre, tilstod Amelinha.

" Jeg hørte stemmen. Hun bekræftede mit ønske. Drømmer jeg? Spurgte Belinha.

"Mirakler sker! Med tiden ved du, hvad det betyder at sige det her, sagde mesteren.

"Jeg tror på bjerget, og du må også tro på det. Gennem hendes mirakel er jeg her overbevist og sikker på mine beslutninger. Hvis vi fejler en gang, kan vi starte forfra. Der er altid håb for dem i live.

Han forsikrede, at shamanen af den synske viste et signal på taget.

» Et lys. Hvad betyder det? (Belinha).

" Det er så smukt og lyst. (Amelinha).

"Det er lyset af vores evige venskab. Selvom hun forsvinder fysisk, vil hun forblive intakt i vores hjerter. (Vogter

"Vi er alle lys, men på udmærkede måder. Vores skæbne er lykke. (Den synske).

Det er der Renato kommer ind og stiller et forslag.

" Det er på tide, vi finder nogle venner. Tid til sjov er kommet.

" Jeg glæder mig til det. (Belinha)

" Hvad venter vi på? Det er tid. (Skrig)

Kvartetten går ud i skoven. Trin er hurtig, der afslører en indre pind af karaktererne. Mimoso miljø i landdistrikterne bidrog til et naturligt brist. Hvilke udfordringer vil du stå over for? Ville de vilde dyr være farlige? Bjergmyterne kunne angribe når som helst, hvilket var farligt. Men mod var en kvalitet, som alle havde. Intet vil stoppe deres lykke.

Interessant. Det er en naturlig reaktion på skuffelsens lidelser. Men det er ikke den bedste måde at blive forfulgt på. At dømme en hel art ud fra en persons holdning er en klar fejl. Hver har sin individualitet. Dit hellige og skamløse ansigt kan skabe mere konflikt og fornøjelse. Det er op til dig at finde det rette punkt i denne historie. Jeg kan støtte, som din ven gjorde, og blive medskyldig i historien analyserede bjergets hellige ånd.

" Jeg tillader det. Jeg vil gerne befinde mig i denne helligdom. (Amelinha).

"Jeg accepterer også dit venskab. Hvem vidste, jeg ville være på en fantastisk sæbeopera? Myten om hulen og bjerget virker så ægte nu. Må jeg ønske noget? (Belinha).

" Selvfølgelig, kære.

"Bjergvæsenerne kan høre de ydmyge drømmeres anmodninger, mens det er sket for mig. Hav tro! (Guds søn).

" Jeg er så vantro. Men hvis du siger det, så prøver jeg. Jeg beder om en lykkelig slutning for os alle. Lad jer alle gå i opfyldelse på de vigtigste livsområder.

" Jeg giver det! Torden er dyb stemme midt i rummet.

Begge ludere har sprunget ned i jorden. I mellemtiden grinede de andre og græd over begge parters reaktion. Det var mere en skæbnesvangre handling. Sikke en overraskelse. Ingen kunne have forudset, hvad der skete oven på bjerget. Siden en berømt indianer døde på stedet, havde virkelighedens følelse givet plads til det overnaturlige, mysteriet og det usædvanlige.

" Hvad fanden var det for en torden? Jeg ryster indtil videre, tilstod Amelinha.

" Jeg hørte stemmen. Hun bekræftede mit ønske. Drømmer jeg? Spurgte Belinha.

"Mirakler sker! Med tiden ved du, hvad det betyder at sige det her, sagde mesteren.

"Jeg tror på bjerget, og du må også tro på det. Gennem hendes mirakel er jeg her overbevist og sikker på mine beslutninger. Hvis vi fejler en gang, kan vi starte forfra. Der er altid håb for dem i live. Han forsikrede, at shamanen af den synske viste et signal på taget.

»Et lys. Hvad betyder det? (Belinha).

" Det er så smukt og lyst. (Amelinha).

"Det er lyset af vores evige venskab. Selvom hun forsvinder fysisk, vil hun forblive intakt i vores hjerter. (Vogter

"Vi er alle lys, men på udmærkede måder. Vores skæbne er lykke. (Den synske).

Det er der Renato kommer ind og stiller et forslag.

" Det er på tide, vi finder nogle venner. Tid til sjov er kommet.

" Jeg glæder mig til det. (Belinha)

" Hvad venter vi på? Det er tid. (Skrig)

Kvartetten går ud i skoven. Trin er hurtig, der afslører en indre pind af karaktererne. Mimoso miljø i landdistrikterne bidrog til et naturligt brist. Hvilke udfordringer vil du stå over for? Ville de vilde dyr være farlige? Bjergmyterne kunne angribe når som helst, hvilket var farligt. Men mod var en kvalitet, som alle havde. Intet vil stoppe deres lykke.

Tiden er inde. På aktiv holder var der en sort mand, Renato og en blond. På det passive hold var Divine, Belinha og Amelinha. Med holdet dannes, begynder morskaben blandt de grå grønne fra skoven.

Den sorte fyr dater Divine. Renato dater Amelinha og den blonde mand dater Belinha. Gruppesex begynder ved energiudvekslingen mellem de seks. De var alle for en og alle for en. Tørsten efter sex og fornøjelse var almindelig for alle. Ændrede positioner, hver oplever enestående følelser. De prøver analsex, vaginal sex, oralsex, gruppesex blandt andre kønsmodaliteter. Det beviser, at kærlighed ikke er en synd. Det er en handel med grundlæggende energi til menneskelig evolution. Uden skyld udveksler de hurtigt partner, som giver flere orgasmer. Det er en blanding af ecstasy, der involverer gruppen. De bruger timer på at dyrke sex, indtil de er trætte.

De vender tilbage til deres oprindelige positioner. Der var stadig meget at opdage på bjerget.

Slut

www.ingramcontent.com/pod-product-compliance
Lightning Source LLC
LaVergne TN
LVHW021050100526
838202LV00082B/5430